رواية

سونيتا

محظية راموس

محظية سيد الفراعنة

د. جُمان الريحاني

إهداء..

إلى روح الحضارة الفرعونية بجمالها ورقيها وأسرارها وكلما تحمله من

جاذبية وألغاز في حناياها وثناياها، وإلى كل من يقدرها ويحبها

وإلى كل من يشعر بالفضول للتوغل في ذلك العالم

جمان الريحاني

راموس

كان الفرعون راموس هو اصغر إخوته وقد كان يحب السهر والسمر وأيضا عاشق للصيد والرحلات البرية.

بالإضافة لكل هذه النشاطات كان راموس فرعون شاب مقبل على الحياة ولكن كان له عشق للجواري كبير.

كما انه لم يكن يعتق جارية في أي مكان أو أي قصر يدخله غير آبه بالآداب العامة ولم يكن لديه في الحقيقة

نصيب كبير من الأخلاق فقد كان تابع لغرائزه وشهواته.

كان راموس شديد التعلق بالنساء والجواري ولكنه لم يكن يطيق فكرة الارتباط بل كان يحب الحرية وان يكون لديه الكثير من النساء وان لا يتقيد بامرأة واحدة كائنا من كانت.

فلسفة راموس في النساء

كان يعلم بأن إخوته متعلقون منهم من له حبيبة ومنهم من هو متعلق بزوجته وقد سمع الكثير من الحكايات عن والده الذي كان منقسم الآراء بسبب زوجته والجارية المحببة إلى قلبه.

وسمع عن أخيه الذي كان رأيه يختلف ويتغير كلما دخلت عليه إحدى نساءه لذا كان يريد أن يكون سيد رأيه وان لا تتحكم به النساء مهما حدث.

لقد كان يشعر بأن قوي الشخصية ولكن يجب أن يحتاط من النساء فللنساء طرق وأساليب للسيطرة على تفكير الرجال وهو لم يكن يريد أن يقع في نفس الفخ الذي وقع فيه غيره.

لقد كان يفكر في أن الخضوع لامرأة يعني ضعف شخصية الرجل، كما انه لم يكن مقتنعا بأن تصرفات النساء هي تصرفات واعية.

فأحيانا هو لا يقتنع ببعض القرارات التي يتخذها إخوته والتي يعتقد بأنها قرارات نابعة عن النساء.

لقد كان يرى بأن تفكير الرجل أكثر نضجا من تفكير المرأة بدرجات كثيرة وبنسبة كبيرة.

كما أنه لم يكن يرى بأن النساء يصلحن إلا للسهر والفراش والمتع وان تدخلن في السياسة فإنهم يخربونها.

كما أنه كان يحب أن يتخذ قراراته بعيدا عن جناح الجواري وأن لا تنطق أي منهم بأي أمر غير الكلام المعسول أو سؤال عن طعام أو ثياب.

راموس والسحر

كان راموس يحب أمور السحر والشعوذة وكان لديه في القصر امرأة عجوز تساعده في مثل هذه الأمور.

فكان كلما تعلق بفتاة أمرها بأن تقوم بعمل سحري للفتاة لكي ينفر منها ويعرض عنها ولم يكن يفضل عمل سحر له هو، وإلقاء تعويذة على نفسه، بل كان

يفضل عملها للنساء من الجواري والخادمات وغيرهن.

تنبؤات العجوز

وفي أحد الأيام أخبرت العجوز الفرعون راموس بأمر يزعجها وقالت له:

سيدي الفرعون أنا أفكر في أمر يؤرقني

الفرعون:

وما هو؟

ما هذا الأمر المهم، والذي طلبت مقابلتي من اجله بشكل استعجالي هكذا؟

العجوز:

سيدي أنت تعلم بأنني عجوز وكل يوم يمر ليس في صالحي.

الفرعون:

لما أنت تتكلمين هكذا

أنت تعلمين بأنني لا أحب هذا النوع من الكلام وهذا النوع من الطاقة.

أنا لا أحب التشاؤم

العجوز:

سيدي هذا ليس تشاؤم

أنا اشعر بأن ساعتي قد اقتربت

الفرعون:

لما عساك تقولين هذا؟

العجوز:

أنا كبيرة في السن ولم اعد كسابق عهدي ولكن ليس هذا ما يزعجني.

الفرعون:

ما الذي تفكرين فيه بالضبط؟

العجوز:

سيدي أنا أفكر فيك

أفكر فيك من بعدي

كيف سألقي عليك التعويذات

لا يمكن أن تواصل حياتك بنفس الطريقة بينما أنا لن أكون بجانبك

الفرعون:

وبما تنصحين؟

العجوز:

سيدي أنت ذكي ونبيه

لقد عرفت بأنني كما احمل المشكلة احمل لك معها الحل

الفرعون:

وما هو الحل؟

العجوز:

لقد فكرت بأنه ولأنني لن أرافقك كل حياتك

فكر في أن أقوم بإلقاء تعويذة عليك، وسوف تكون هذه أهم تعويذة

لأنها ستقوم بعملها من تلقاء نفسها

الفرعون: (وهو متردد)

لا أدري

العجوز:

أنا أنصحك بذلك

الفرعون:

سوف أفكر في الأمر

العجوز:

التعويذة يجب أن تلقى في اقرب فرصة من باب الاحتياط فانا لا اضمن الزمن والوقت ليس في صالحي.

الفرعون:

سوف نرى

وبعد طول تفكير وبعد أن تعرضت العجوز التي كان راموس يعتمد عليها في كثير من أمور حياته، الأمور السياسية والأمور العاطفية وغيرها من مختلف مجالات الحياة، لوعكات صحية متتالية.

فقد كانت حالتها الصحية في تدهور مستمر، قرر راموس أن يخضع لتلك التعويذة.

ورغم أنه لم يكن يريد فعل ذلك ولكن وبعد التفكير العميق رأى بأن ككلامها صحيح وربما إن لم يفعل ما طلبته منه فسوف يندم فيما بعد.

لذا أقدم على تحقيق طلبها وذلك بناء على ثقته الشديدة فيها وهو يعلم بأنها تفكر لمصلحته ولطالما كانت تفعل ذلك.

راموس بعد الساحرة

وهكذا وبعد عدة سنوات وبعد وفاة العجوز أصبح راموس يجيد التحكم في نفسه ولا يقع في فخ الحب مهما يحدث، لقد كان يطلق على الحب اسم الفخ وكان يقول بأنه الحب يدمر الرجل ويجعله عبدا بعد أن يكون سيد نفسه يصبح له سيد أخر يجيد التحكم فيه.

وبفضل العجوز وتعويذتها القوية أصبحت له قدرة على التحكم في نفسه، ولكن في الحقيقة أصبحت

التعويذة هي التي تتحكم فيه وفي الموقف الذي يكون هو فيه.

وغالبا ما يكون تحكم السيد هو لمصلحة السيد وليس لمصلحة العبد مهما كان الأمر بسيطا أو حتى تافها.

ذاع في الجواري وفي كثير من الأماكن بأن راموس قد تقلد مكانا عاليا في الدولة وأصبح شخصا مهما، وأصبح معروفا بقلبه القاسي الذي لا تستطيع أية امرأة إخضاعه لها مهما يحدث.

أصبح راموس هوسا لكثير من الجواري والسيدات النبيلات لمكانته وقوة قلبه، وكل فتاة تطمح للوصول إليه، ولكن الجميع يعلم بأنه صعب الوصول إليه.

كان تحديا أن تصل إليه سيدة أو جارية والأكثر من ذلك أن تأسر قلبه.

ولكن لم يكن راموس يعطي فرصة لأية امرأة في أكثر من لقاءين أو سهرتين أو ليلتين ليجد فيها خطأ فيبعدها

عن نفسه من فوره وكان هذا بفعل التعويذة التي ألقتها عليها خادمته العجوز.

كان قصره مليء بالجواري الجميلات اللواتي كن هناك بلا هدف أو عمل، كن يعشن هناك فقط لأن راموس عندما كان يعرض عن فتاة لا يمكن أن يطلبها مرة أخرى.

ولكن وبالرغم من ذلك فانه لم يفكر يوما في التخلص من أي منهن ولا منهن جميعا ولم يفكر في الأمر.

وقد كان الجميع يعلمون بأن قصر راموس مليء بالجواري الجميلات ولو قرر أن يبيعهن لجمع ثروة

من ورائهن ولكن لم يكن من خصلة الملوك والأمراء أن يبيع أحدهم جارية من جواريهم.

كما انه لم يستعملهن في أغراض أخرى مثل أن يرسل إحداهن أو بعضهن كهدايا لأصحاب المقامات الرفيعة والعالية على سبيل المجاملة أو من أجل توطيد العلاقات ولكن ليس راموس من يقوم بذلك.

بل كان قراره أن تبقى الجواري على حالهن يلبس أجمل الثياب ويتناولن أفضل الطعام ويعشن بسلام في قصر راموس.

راموس الحكيم والنجاح

وفي يوم وقعت حروب كلفت المدينة الكثير، وتغيرت الظروف السياسية والاقتصادية للمدينة، ولكن راموس كان لا يزال يحافظ على مكانته وبكل قوة لذا كان له صيت في الظروف الجديدة وتأثير واضح.

لقد أصبح راموس اكبر سنا وأكثر حنكة وحكمة، أصبح شخصا واعيا ويستطيع وزن الأمور.

وفي أحد الأيام أرسلت إلى قصر الفرعون راموس هدية من الروم وقد كانت جارية في ثوب سيدة حرة

وقد اخبروه بأن هذه الجارية هي جارية مميزة لذا تتم معاملتها كما تعامل السيدات النبيلات.

فقد جاء مع الجارية وفد من الخدم والحشم الذين يجب أن يحرسوا على راحتها.

الجارية الجديدة

في البداية لم يكن راموس قد حبذ الفكرة لأنه يعلم تمام العلم بأن هذه الهدية ما هي إلا اختبار من الروم له وخاف من أن تعمل كجاسوسة لهم لذا أراد أن يأخذ كل احتياطاته لكي لا يقع في الخطأ.

خاف راموس من أن يتعلق بالجارية فيسيء معاملتها وبالتالي تسوء معاملاته مع الروم.

ومن أجل هذا قرر أن يتروى في رؤية هذه الجارية غير انه كان سيصل الخبر للروم فيعتقدوا بأنه اعرض عن هديتهم بطريقة غير مباشرة وأهملها.

أي انه لا يرغب في تقوية العلاقات معهم.

كان يفكر في طريقة جيدة لكي لا يخرج من هذه التجربة خاسرا، وفي نفس الوقت كان يريد أن يصل إلى بعض المطامع في علاقته مع الروم.

لقد كان يفكر بطريقة سياسية جيدة وكان يجيد التعامل مع الزعماء والفراعنة الكبار، فقد كان فرعونا ذكيا ويتمتع بالحنكة.

جمال الخطط

أما بالنسبة للجارية التي كانت جميلة، لقد كانت آية من الجمال كأنها نجمة من السماء، كأنها حورية نزلت من الجنة إلى الأرض.

جمالها لا يضاهى وليس له مثيل ولا توجد شبيهة لها في كل المدينة.

جاءت تلك الجارية وهي على بينة بكل ما يحصل في ذلك القصر الذي كان مليئا بالجواري ولا سيدة تحكمه.

لقد كانت ملمة بكل التفاصيل ولها أهداف معينة تسعى إلى تحقيقها.

لقد كانت لها طموحات وأهداف ولم تأت بلا هدف ولم تكن مثل باقي الجواري.

ذكاء سونيتا الجارية

قررت الجارية سونيتا الجميلة أن تدخل القصر بقوة لأنها كانت تضمر في خاطرها بأن تحكم القصر بمن فيه وان تتمكن من التأثير في سيد القصر راموس صاحب القلب القاسي قلب الحجر.

كان لها من الخدم والخادمات ما نثرتهم في أطراف القصر لكي يأتوها بخباياه وما يدور فيه وأسرار السيد والمسود.

الاستقرار والقوة

بعد أن استقرت سونيتا وخدمها وجواريها في القصر وبعد أن قضت يومين لم تقابل فيهما الفرعون راموس.

فكرت في انه قد جاء وقت التفكير في تطبيق خططها وان تعرف كيف يجب أن تتصرف وان تتصرف سريعا

لقد كانت تفكر في أنها إن لم تحظى هي بسيد الفراعنة راموس فقد تحظى به غيرها وفي تلك الحالة لن تصبح هي شيئا في ذلك القصر.

علمت بأنه سوف تقام وليمة في القصر وسوف يحظى المدعوون بعشاء ورقص وغناء.

قررت أن تكون لها لمستها في تلك الوليمة التي يقيمها السيد راموس.

وهكذا أرسلت إلى الجناح الرئيسي وطلبت منه أن يخبروا السيد راموس بأن الجميلة سونيتا تقدم مجموعة من الجواري لتأدية رقصة مع فرقتها الموسيقية والراقصة

وعندما وصل الخبر إلى السيد راموس وافق على ذلك الأمر وإدراج تلك الرقصة في سهرته ولكنه سألم هل سترقص الجميلة سونيتا مع الفرقة.

لأخبروه بأنها لا ترقص مع الجواري.

ولكن يمكنها أن ترقص لوحدها.

كما أنها لا ترقص أمام الملأ بل هي ترقص لسيدها فقط

شعر بأن تلك كانت دعوة له لكي يرى رقصا في خلوة بينه وبينها وتحت عزف فرقتها ولكنه ادعى بأنه لم يفهم ذلك الكلام.

الجمال الغامض

وهكذا وعندما حل المساء تهافت المدعوون على القصر من أجل السهرة في قصر الفرعون راموس الذي كان يحتفل بانتصار له في أمر ما.

وعندما حان وقت السهرة بدأ الخدم والجواري يقدمون الطعام، فاستمتع الحضور بتلك الوجبات وقد كان هناك خرفان مشوية، ثلاثة خرفان.

وبعد الطعام جاء موعد الرقص والغناء.

فدخلت فرقة الجارية سونيتا وبعد أن جلست الفرقة في مكانها وقد تقدمت الفرقة فتاة تعزف على آلة القيثارة وحيدة الوتر وتجلس في الأمام.

ولكن الغريب فيها أنها كانت تضع غطاء على وجهها وتجيد الغناء.

سلب الألباب

ودخلت الجواري الراقصات، فرقة رقص رومانية، سبعة جواري يرتدين نفس الفستان فستان جمبري اللون وفوقه برنس وردي اللون وقد خلعن قبل أن يبدأن الرقص من قماش الشيفون.

ويضعن غطاء على الوجه شفاف طويل حوالي خمسون سنتيمترا.

وكل الجواري لعن شعر طويل يصل إلى منتصف الظهر وكل فتاة لها لون شعر مختلف ولكن التسريحة

نفسها كما أن لون شعرهن متفاوت ومتقارب بين البني
والأصفر.

الفستان بكتف واحد وعالي الخصر.

بينما كانت ترتدي الجارية قائدة الفرقة التي تجلس في
المقدمة فستانا احمر اللون وتضع برنسا بيج اللون
ولكنها لم تنزعه.

وقد كان هناك بعض العقّاش أي الترتر على صدر
الفستان والذي يظهر من تحت البرنس الأصفر الشفاف
الذي يظهر كل الفستان تقريبا.

وكانت لها تسريحة شعر مختلفة فقد كانت تمسك
شعرها إلى الوراء وكأنه كعكة ولكنها إلى الأسفل وهو
شبه مرفوع ولكن بطريقة تقريبا فوضوية مما يعطيه
جمالها ويعطيها هي شكلا جميلا وجاذبية.

لقد كانت مختلفة في كل شيء.

كانت الجواري يرتدين زيا موحدا وتسريحة الشعر موحدة، وأيضا الإسوارة فقد كن جميعهن يضعن إسوارة فضية عريضة في أعلى الذراع.

وخلخال واحد في الرجل اليسرى.

بينما كانت الفرقة العازفة التي تجلس وراء ستار خفيف يرتدين فساتين خضراء اللون فاتح اللون.

وكن كاشفات الوجوه ولكن الستار يخفي بعض جمالهن.

بينما قائدة الفرقة تجلس أمام الستار وليس وراءه مع الرفقة.

وهي كانت ترتدي أساور ذهبية وعقدا ثلاث خواتم موزعة على أصابع يديها الاثنتين.

خام عليه حجر ياقوت والآخر عليه نجم ذهبي والثالث قلب ممتلئ ومثقوب يشبه العقد بل هما قطعتان من نفس الطاقم.

وهي الوحيدة التي كانت تضع خلخالين برجليها.

لقد كان أمر الفرقة مثيرا للحيرة ويجعل العقل في تفكير، يثير التفكير.

بدأت الفرقة تعزف.

والمفاجئ أن قائدة الفرقة كانت تغني وتجيد العزف منفردة أيضا.

أما الراقصات فقد بدان يتمايلن وبعد ذلك أصبح الوضع أسرع ووتيرة الموسيقى والرقص تتسارعان شيئا فشي

أما بالنسبة للعزف والغناء.

فقد كانت قائدة الفرقة حين تعزف لوحدها يكون الوضع اهدأ وحين تغني وكان الراقصات يأخذن راحة فيتباطأ الرقص حتى يركز الحضور على الصوت والغناء أكثر شيء.

لقد كانت اللوحة مدروسة من حيث التناغم الشديد والتنويع بين غناء وعزف ورقص، لقد كانت لوحة خلابة.

لقد كان الرقص والغناء والعزف والفرقة والقائدة والجواري كل شيء في تناغم وانسجام شديدين.

لم يحض المدعوون من قبل بمثل هذه اللوحة الراقصة اللوحة الفنية الرائعة والتي كانت متعة للناظرين.

كانت اللوحة الراقصة ممتعة للنظر وممتعة للسمع وممتعة للفرجة ومثيرة للبهجة والسرور.

لقد شعر الحضور بكثير من الانبساط وهو يرون تلك اللوحة الراقصة التي لم يشهدوا مثيلا لها من قبل، لقد

كانت مختلفة تمام الاختلاف عن الرقص الذي تعودوا

أن يروه ويستمتعوا به في السهرات.

وعندما أكملت الفرقة لوحتها الراقصة والمدعوون يشبون ويتمتعون، وفور انصراف الفرقة حتى حدث أمر غريب

لقد نثرت العازفة أو قائدة الفرقة شيئا أثناء عزفها.

وهذا كان السبب وراء أنها كانت ترتدي قناعا هي وككل الراقصات.

لقد كانت هناك مادة على وتر قيثارتها الوحيد الذي عزفت عليه ثلاث مرات فقط

لقد كان العزف بالدور أول عزف للفرقة وحين تغني القائدة لا يكون هنالك عزف وأحيانا هي تعزف على وترها الوحيد عزفا منفردا.

وقد كانت كلما عزفت في المرات الثلاثة على ذلك الوتر خرجت منه ذرات وانتشرت في الهواء حتى وصلت إلى أفواه المدعوين.

لقد رقصت الجواري في البداية بدون ذلك الستار على وجوههن بعد أن دخلن به ثم نزعنه في أول الرقص.

وبعد غناء القائدة جاء دور الرقص من جديد فقمن بعد الرقص الهادئ.

ووضعن الستار من جديد وأكملن كل الرقص بالقناع وبدون كشف عن وجوههن.

لقد كان الرقص لوحة غنائية وراقصة جميلة جدا، مليئة بالمشاعر ومعبرة عن مواضيع مختلفة.

لقد كان الستار يمنع تلك المادة من أن تصيبهن ولكنها
لم تكن كثيرة وكانت تبحث عمن تدخل في فاه.

المرض الغامض

بعد أن غادرت الفرقة أصيب الفرعون وبعض المدعوين بمرض ما وسقطوا جميعا.

تم استدعاء الأطباء الذين لم يستطيعوا أن يكتشفوا ما الذي أصاب بعض المدعوين وليس الجميع.

لقد تم تفسير الأمر على أنهم أصيبوا بنوع من التسمم وان الأمر خطير.

تم فحص بقايا الطعام فوجدوا بأن أحد الخرفان هو الذي كان يعاني ربما من مرض غريب وقد أصيب الفرعون ومن تناول الطعام معه من نفس الخروب بهذا النوع من المرض.

لقد بثت حالة من الفوضى في كل القصر وتم استعداء عدة أطباء ولكن الأمر الأكثر رعبا أن أحد الدعويين قد لفظ أنفاسه.

المدعوون الذين أصيبوا بالمرض هم من كان يجلسون إلى يسار الفرقة والأقرب إلى الفرعون.

حيث كان الفرعون بأمر بأن تكون فرقة العزف قريبة بعض الشيء منه.

وقد كانت الجميلة سونيتا تعلم ذلك لأنه كانت قد درست كل القصر وتحركات الجميع، لقد كانت لديها معلومات عن عدد الجواري وعدد الخدم.

كما أنها كانت تعلم أدق التفاصيل، حتى المطبخ وما يتم طهوه هناك وعدد الطهاة والطباخين.

لقد كانت لديها كل المعلومات المهمة والبسيطة وأدق التفاصيل.

العقدة والحل

لقد سمعت الجميلة سونيتا فورا تلك الأخبار وقد كانت على اطلاع دائم بكل الأخبار وبآخرها وأجددها.

وبعد أن خاف الجميع على الفرعون وعلى حياته أكثر من خوفهم على بقية المدعوين.

وبعد عدة مشاورات واستشارت بين الأطباء وقد شعروا بأن الأمر فعلا خطير.

بعد مرور الكثير من الساعات المتوترة وحال الفرعون لا تتحسن.

أرسلت الجميلة سونيتا إلى الجناح الرئيسي وأخبرتهم بأنها لديها خبرة في العلاج بالأعشاب وربما يمكنها المساعدة،

فقالت لهم خامتها:

مولاتي تمتلك خبرة في التداوي بالأعشاب وهي تفقه الكثير من الأمراض وأيضا أنواع التسمم، إنها تجيد ذلك العمل وقد ورثت خبرتها عن جدة لها كانت معالجة.

لقد انقذت مولاتي العديد من الألواح وعالجت الكثير من الحالات المستعصية وهي تصر عليكم لكي تسمحوا لها على الأقل بالمحاولة، رغم أنها ربما تستطيع إنقاذ مولاي.

لقد عجز الأطباء وعجزهم جعلهم يتعلقون بأي قشة لئلا يغرقوا في بحر عجزهم.

وهذا ما جعلهم يقبلون مساعدتها لأنهم كانوا يعلمون بأنه ربما يمكن لرومانية أن تأتي بجديد.

ولما لا؟

يمكنها أن تحاول فهم لا يمتلكون أي حل أخير وإلا سوف ينتظرون رحمة القدر أو ربما موت الفرعون راموس.

اكتساب الثقة

أخبرتهم الجميلة سونيتا بأنها يجب أن تحضر بنفسها
وان تعاينه لكي تتأكد من أن ما تثك به هو أمر
صحيح لكي تصنع العلاج المناسب لحالة الفرعون.

جاءت

رأته

عالجته

ولكنها نصبت له فخ جديد

لم يكن يتشافى

بل أرادت أن يبقى طريح الفراش بعد أن يزول عنه الخطر

ليك تعتني به

فزال الخطر ولكنه لم يتعافى

بينما تعافى الآخرون

لقد كانت تجعله مريضا لكي يلاحظ وجودها

وبقيت بجانبه حتى كسبت ثقته ورضاه

لقد كانت هي من ألقت تعويذة على الخرفان قبل تجهيزهم من أجل المأدبة لكي يتفاعل اللحم مع تلك المادة التي نثرتها ولكنها كانت وفق خطة مدروسة.

وشفي بعد مدة طويلة ولكنه أعجب بعلمها وقدرتها وأنها فعلت ما عجز عنه الأطباء.

وأصبحت محل ثقته.

أمر لها بجناح خاص وأن تصبح سيدة القصر.

بل وفكر بأن هذه التي قد أنقذت حياته ربما تصلح لأن تصبح زوجة.

لقد فكر في الأمر بجدية.

ولكنه كان يعلم بأن التعويذة التي ألقتها عليه العجوز سوف تحول دون ذلك.

لم يكن يريد أن يكتشف عيبا ففيها لكي لا يبتعد عنها.

إعلان الفوز كجزاء الامتنان

أخذ الفرعون راموس وقتا لكي يفكر في حل لتلك المعضلة وقد قرر أن يتزوج فقد كان يشعر بالامتنان لتلك الجميلة التي أنقذت حياته.

ولم يكن يعمل بأنها هي من جعلته يتسمم بفعل تعوذة وذلك العزف على القيثارة.

لقد قرر أن يفكر في حل قبل أن يوطد علاقته بها فقد غادر جناحه فور أن استعاد عافيته.

ولم يتكلم معها كثيرا ولم يرها جيدا لأنه كان في البداية يعاني من الحمى.

وبعد أن شعر الأطباء الذين يباشرونه بأن حالته تتحسن أمرها خادم الفرعون بأنه لا حاجة لمجيئها إلى جناح الفرعون، بعد الآن.

وقد كانوا شاكرين لمساعدتها لهم، وإنقاذ حياة الفرعون، ولكنهم يعلمون بأن الفرعون في العادة لن يعجبه وجود إحدى الجواري في جناحه

كبير الخدم كان يعلم بأن الفرعون لا يحب أن يكون حوله الجواري، الجواري العاديات وفي الحالة العادية، بل كان يحب خدمة الخدم المخلصين والأوفياء

ولكن بالغم من كل شي فقد كان وجودها هناك ضروري لأنها لم تكن جارية عادية بل كانت معالجته والتي انقذت حياته بعد أن عجز الأطباء ولم يكن بيدهم

حيلة ولم يستطيعوا فعل شيء لتغيير الوضع الخطير الذي كان من المحتمل أن يودي بحياة الفرعون.

بغض النظر عن الأسباب.

وفي يوم قام بأتم صحته ولم يعد يشعر بأي توعك.

لقد خاف أن تسيطر عليه بجمالها فيقع في فخ الحب ومنه إلى النفور فورا وهذا ما جعله يصدر أمرا بأن تعود إلى جناحها.

لقد أدت الجارية الجميلة وظيفتها على أتم ما يكون فكانت تسهر على راحته وتضع له كمادات باردة لتبريد الحمى من منقوع النعناع الذي تبلل به القماش وتضعه على رأسه.

وعندما كانت تشعر بأن فطن قليلا، وليس في حالة نوم كاملة، كانت تعزف على قيثارة وحيدة الوتر.

وقد استمرت في العزف على نفس اللحن، مرارا وتكرارا، لقد كان اللحن هادئا وليس مزعجا ولكنه غريب قليلا وكأنه يسبح بالشخص إلى عالم آخر.

إنه لحن ملعون، لحن قد ألفه لها أحد الكهنة وهو يلعب بمنطقة خاصة في العقل فيجعلها تسيطر على الشخص الذي تنوي السيطرة عليه.

وكأن اللحن يعمل عمل التنويم المغناطيسي أو السحر لقد كان لحن له مفعول وليس مجرد لحن عادي.

ولكنها كانت هي مدمنة على آلتها وعلى العزف، ربما لأنها تحب عزف الموسيقى أو لأنها تجد الراحة والسلام فيها أو ربما كانت مدمنة على العزف.

ولكن هذا الأمر لم يكن صحيحا بل كان يجب عليها أن تعزف لكي تجري خطتها على أحسن وجه، لكي تصل إلى النتائج المرجوة والتي تريد بلوغها.

لقد كان عليها أن تعزف له وهو لوحده وكان عليها أن تعزف لمدة سبع دقائق وأيضا لمدة سبعة أيام متتالية وقد فعلت كل ذلك

لم تكن الجميلة سونيتا لتجد فرصة لفعل ذلك لو لم تقم بحياكة هذه الخطة وتنفيذها بإحكام.

فما كانت لتحظى برفقة راموس لمدة سبعة أيام فلو كان صاحيا لأعطاها فرصة واحدة ولمرة واحدة وليوم واحدة وليس سبعة أيام.

ولو نالت إعجابه فان التعويذة التي هي من تتحكم براموس كانت لتفسد عليها خطتها وتجعله يطرها من جناحه بعد ثلاث لقاءات أو ثلاث أيام وربما ما كانت لتكون متتالية لكي تعزف فيها وتقوم بإلقاء تلك التعويذة الخاصة بها والتي تتطلب الالتصاق بالسيد راموس لمدة سبعة أيام.

لم تكن هي لتغير عمل اللحن أو طريقته أو التعويذة فكل تعويذة وشروطها وطريقة عملها وان خل بأحد الشروط ما كانت لتنجح التعويذة.

التعلق دليل الضعف

تعلق الفرعون كثير النزوات بتلك الجارية بالذات ولم يعد يريد غيرها وأصبح يفكر في الارتباط ولكنه كان خائفا من النفور منها لذا استعدى السحرة لكي يبحثوا له عن حل لكي يفك اللعنة رغم انه كان يعلم جيدا بأنه سوف يعود إلى عاداته والتي هي كثرة النساء حوله.

لم يكن ذلك الأمر لصالحه لأنه قد أصبح يتقلد منصبا عاليا وليس لديه الوقت للهو ولا للتعلق بالنساء.

كما أنه كان يرى بأنه ربما الأمر أيضا لصالحه فامرأة واحد قد تجعله يفكر في أعماله أكثر من تفكيره في النساء والجواري واللهو والجري وراء الملذات.

اخبره السحرة بأنهم يعتبرون مجرد تلاميذ لدى الساحرة العجوز وأنها كانت أمهرهم وأعلمهم وأكثرهم قوة في السحرة والشعوذة.

لقد كانت تعظهم وتسديهم النصائح كما أنها هي من كانت توجههم في الأمور الصعبة والتي هم أحيانا لا يجدون لها حلولا.

لقد اعترفوا بالهزيمة أمامها وهي ميتة منذ زمن، ولطالما كانوا يشعرون بأنها عرّابتهم ومثل الوالدة بالنسبة لهم والمعلمة.

وقد أخبروه بأنها لم تكن لها تعويذة تقهر ولا يمكن كسر لعناتها.

لكن الفرعون لم يرض بهذا الكلام واخبرهم بأن يبحثوا عن حل أو عن ساحر يساعدهم أو ربما يحل الأمر نيابة عنهم وإلا فإن سوف يطردهم من القصر ومن خدمته.

بل وسوف يطردهم من الحياة بأكملها فكيف يقفون عاجزين أمام طلب منه بل أمر قد أمرهم به.

لقد كان راموس ولي نعمة السحرة وهو من يسمح لهم بممارسة السحر في المدينة شرط أن لا يؤذوا الناس.

كما انه قد كان هناك بعض السحرة الخاصين بالقصر،
وبالقصر فقط ولا يمارسون عملهم خارجه مع العامة.

وكان نطاق عملهم فقط مع القصر وما يحتاجه
الفرعون أو القصر أيضا.

ولطالما كان راموس يثق في القدرات السحرية والقوة
التي كان يمتلكها السحرة الموجودون في المدينة.

فالسحر وهذه القدرات الخارجة تجلب له الحظ في
الحياة عموما وفي الحروب خاصة.

فقد كان يستعين بهم أحيانا لكي يجدوا له حلولا لأمور
تصعب عليه هو أو يصعب عليه التفكير في حل لها،
وأيضا الأمر التي ربما يراها مستحيلة.

رغم انه لم يكن يؤمن كثيرا بكلمة مستحيل بل كان
يرى بأن لكل أمر علاج ولكل مشكلة حل.

وكلما هو من صنع الإنسان يستطيع أي إنسان بفضل
ذكائه امن يحله أو يبطله أو يفسده أو يحطمه على
حسب المشكلة أو الموضوع.

فك اللعنة

بعد بحث طويل لم يجد السحرة حلا لفك تلك اللعنة، ووصل الأمر إلى الجارية سونيتا التي كانت تعلم بالأمر سابقا.

فأرادت أن تسهل الأمور فأرسلت إلى أحد السحرة خبرا عن وجود ساحرة في مكان قريب لكي تساعدهم بالأمر الذي يريدون ولكنها لم تكشف عن نفسها بل أرسلت المعلومة بطريقة غير مباشرة.

وقد كانت تلك الساحرة ساحرة رومانية تابعة لها ولكنها كانت تدعي بأنها تعمل لوحدها.

ولأن السحرة كانوا حقا عاجزين وكانوا يعلمون بأنهم
لن يستطيع تحطيم اللعنة لوحدهم، قرروا أن يستعينوا
بتلك الساحرة التي سمعوا الكثير عنها وعن قوتها
الجبارة.

وكانت هذه مخاطرة منهم، لهم لا يعرفونها جيدا لأنها
ربما جديدة على المنطقة ولكن قوتها جعلتها تفرض
نفسها وسمعتها التي تشجع على طلب المساعدة منها.

ولكن بالفعل أرسلوا في طلبها لكي يسألوها المساعدة
ولكي يروا إن كان في إمكانها مد يد العون لهم.

وعندما قصوا عليها القصة قررت أن تساعدهم ولكن
لم تكن لتضمن لهم النتيجة رغم أنها قد بنت لهم الآمال
والأحلام.

وهكذا قرروا أن يجتمعوا بالفرعون لكي يحاولوا فك
تلك اللعنة.

لقد أصبح الفرعون يهتم بالجميلة سونيتا ويرسل لها الهدايا الجميلة.

فعندما عرف بأنها هي التي كانت تعزف في الحفلة
وتذكر كلما كانت تلبس لاحظ بأنها تحب الياقوت وهذا
ما جعله يرسل إليها صندوقا من الجواهر المرصعة
بالياقوت على اختلاف ألوانه وأشكال الجواهر.

كما أنه قد لاحظ بأنها تحب الذهب وهذا ما جعله يقدم
لها تمثالا بطول خمسين سم مصنوع من الذهب على
شكلها وهي تعزف على القيثارة وحيدة الوتر.

التمثال كان لأمران تجلس وتلبس مثل سونيتا ملابس رومانية وتعزف على قيثارة وحيدة الوتر وأيضا تضع ستارا على وجهها

لقد وصف تلك الثورة البصرية التي كان قد احتفظ بها في رأسه عندما أبهرته بعزفها المنفرد وعرف الصائغ كيف يصورها.

وقد صنع له الصائغ ثلاث تماثيل ولكنه أعجب بالنتيجة الثالثة وقد استطاع أن يجد خطاء في النسخة الأولى وأيضا في النسخة الثانية.

وأعجب بالنسخة الثالثة التي أرسلها إليها بينما احتفظ هو بكلا النسختين الأولى والثانية لأنه رأى بأنهما تشبهانها وتجعلانه يتذكر شيئا جميلا.

ويقصد بذلك الجميلة سونيتا.

وتوالت بعد ذلك الهدايا الغالية وباهظة الثمن من أقمشة حريرية وملابس وأزياء رائعة منها الرومانية ومنها الفرعونية.

أخبرتهم الساحرة بأنها لم تتحد سابقا ساحرة ميتة ولو كانت الساحرة حية لضمنت لهم النتيجة ولكانت متأكدة بأنها سوف تتغلب عليها ولكن هذا الأمر جديد عليها

ولكن كبير السحرة قال لها:

لا يبطل سحر امرأة إلا امرأة مثلها ونحن عندنا ثقة فيه، نحن نظن بأنك سوف تنجحين.

بل ونحن نعتمد عليك ولو خسرت خسرنا جميعا.

لأننا في نفس القارب والفرعون وعد بأنه سوف يتخلص منا إن فشلنا في أداء عملها.

كانت سونيتا تريد فقط أن تصل إلى لقب زوجة الفرعون وهذا كان كل مبتغاها لأنها في تلك الحالة سوف تتمكن من إصدار الأوامر ومن إنجاح بعض المخططات.

كما أنها كانت تشعر بأنه عندما تصبح زوجة الفرعون سوف تستطيع أن تؤثر عليه في بعض القرارات.

وان تتدخل في بعض الأمور التي كان من الحضور تدخل الزوجات والجواري في مثل تلك الأمور.

لقد كانت هنا الكثير من الخطط التي لديها.

وبعد حصل الاجتماع وشرحت الساحرة الجديدة قوتها وما تستطيع أن تفعله تعاونت مع السحرة لكي يقوموا بتحضير الأجواء لكي يقوموا بإلقاء تعويذة على الفرعون.

لقد ألقت عليه لعنة جديدة تعطل اللعنة القديمة لأنها

حتى هي لم تكن لتكسر اللعنة القديمة فالساحرة العجوز

قد كانت حقا قوية جدا.

قررت أن تلقي عليه لعنة تجعله بعد أن يلتقي بالجميلة

سونيتا يتعلق بها لدرجة انه لو افترق عنها سوف

يضعف قلبه.

ولكن هذا كان يتنافى مع اللعنة الأولى.

فأخبرت الفرعون بأنها سوف تجعله بدل أن ينفر من

سونيتا يبتعد عنها لمدة أيام.

وخلال تلك الأيام يتجدد الحب والعشق فيرجع إليها.

ولكن في الحقيقة قد ألقت عليه لعنة لكي لا يفترق معها

ولو أراد إن يحب غيرها.

أو يتزوج امرأة أخرى يتوقف قلبه.

لقد ألقت عليه خلال تعويذة بأن يصبح ملكا لسونيتا

أو يموت وأن يجعلها زوجة له في اقرب فرصة.

سر الفرعون راموس بالخبر وقد أكد له السحرة بأن كلما تقوله الساحرة الجديدة هو كلام صحيح.

كما أخبروه بأن ما ستقوم به ليس منه خطر عليه هو.

وهكذا تم الأمر وبعد ذلك اختفت الساحرة الجديدة من كل البلاد.

بعد مرور ثلاثة أيام أرسل الفرعون في طلب الجميلة سونيتا لكي يراها وقد أرسل لها دعوة للعشاء ولقضاء بعض الوقت معها ولم يكن قد اخبر أحدا عن فكرته في الزواج بها.

لقد أعجب بتلك الجارية التي بت له وكأنها سيدة نبيلة، لقد كان لها مظهر النبيلات وهيأتهن وحضورهن.

كان لها دخول مميز لم يكن للجواري قبلها مثله.

وكانت ترتدي أجمل الثياب وتتحلى بالمجوهرات التي كان قد أرسلها إليها كهدية.

كما أنها كانت قليلة الكلام ولكنها تتكلم في لباقة وأناقة وأيضا تنطق بالحكمة.

لقد كانت مثقفة ومتميزة وكأنها معدة لأجل كل هذا.

أعجب بها بعد ذلك اللقاء واقتنع بأنها تختلف عن كل الجواري والنساء.

اقتنع أيضا بأنها تصلح لأن تصبح زوجة الفرعون.

سيطرة الحب

قدم لها هدية جديدة في تلك الليلة والتي كانت اكبر
حجر ياقوت في البلاد وهو حجر كبيرة الحجم غير
مصقول وقد لفه في حرير احمر فكان يتوهج كالنار.

كما أنها هي أيضا حضرت له هدية وقالت له:

مولاي أريد أن أعزف لك بعد العشاء

فهل تسمح لي بذلك؟

الفرعون:

طبعا، أنا أحب عزفك

سونيتا:

ليس فقط عزف أنا أريد أن أغني لك أغنية

الفرعون:

أحقا، يسعدني ذلك فقد أعجبت بصوتك في المرة السابقة

الجميلة سونيتا:

مولاي إنها أغنية جيدة

الفرعون:

أحقا

الجميلة سونيتا:

أجل مولاي

إنها أغنية أنا من كتبت كلماتها وقمت بتلحينها

الفرعون:

يسعدني سماع ذلك

الجميلة سونيتا:

مولاي إنها إهداء خاص

إنها أغنية عشق، أتمنى أن تنال إعجابك.

ولكن ذلك لم يكن صحيحا لأن الكاهن هو الذي كتبها لها وعزفتها مع نفس اللحن الملعون وقد كانت الأغنية لكي يشعر برغبة في الزواج بها.

وهكذا بعد أن سمع الفرعون الهدية قرر أن يتقدم لها بالخطبة.

الزواج الحلم

لم يكن يريد أن يفسد الأمر على نفسه فقرر أن يقيم حفل الزفاف خلال هذا الأسبوع ولم يشأ أن يلتقي بها ثانية حتى يوم الزفاف.

رغم أن الساحرة قد خلصته من التعويذة في نظره وفي نظر السحرة إلا انه كان لا يزال خائفا من أن يخسرها.

لذا قرر أن يبتعد عنها هذه الفترة حتى تصبح زوجته ثم سوف يتبع النصائح التي قدمتها له الساحرة.

وبعد أسبوع أقيم حفل الزفاف وأصبحت سونيتا زوجة للفروع راموس بعد أن دخلت القصر مجرد جارية.

كان الفرعون يعتبر ران يوم الزفاف هو اللقاء الثاني له مع الجميلة سونيتا وكان خائفا من أن ينفر منها بعد ذلك.

لذا لم يكن هنالك لقاء قبل الزواج.

ويوم الزواج كان مبهورا كثيرا بها وبجمالها الباهر، ففي حقيقة الأمر لم يرى جميلة مثلها من قبل.

فهي مختلفة عن كل الجواري اللائي كن في قصره.

تحققت الأحلام وكبر الطموح

أما بالنسبة لسونيتا فقد تبدل طموحا وأكبر أكبر، لقد أصبح هدفها الثاني هو أن تصبح حاملا لكي تنجب للفرعون ابنا لكي تصبح مكانتها أقوى.

ويوم الزفاف سقته شيئا وهذا ما جعله يأمر بأن يبنى لها مدفن خاص كهدية لأنها قد رقاها إلى مرتبة عالية وأطلق عليها لقب الفرعونة.

لقد كرمها كثيرا وقدم لها كل الهدايا والذهب والمنحوتات لكي تزين قبرها.

وقد أصبحت بعد لقاء واحد معه حاملا.

بعد اللقاء الأول والثاني بعد الزفاف بدأ الفرعون يشعر بشيء ما، لقد شعر وكأنه تسرع ولما كان عليه الزواج بها وهي مجرد جارية لديه.

لقد بدأ مفعول تعويذة العجوز يعمل، وبعد أن راودته كل تلك الأفكار شعر بألم في قلبيه لذا قرر أن يبتعد عنها فورا، وان يعطي نفسه مساحة لكي يتخلص من تلك المشاعر السلبية.

ولكن تلك المشاريع السلبية لم تفارقه، لذا قرر أن يتخلص منها، وبأية طريقة المهم أن يخرجها من حياته لكي تخرج من تفكيره.

الحمل الموعود

لكنه لم يفعل ذلك حتى سمع خبرا جعله يتراجع عن قراره، لقد علم بأنها حامل وهذا ما جعله يشعر بالسعادة.

لقد كان الأمر غريبا وجديدا وجعل الفرعون يشعر بأن هذا الأمر القدري هو بمثابة الهدية من الآلهة.

فهو لم يكن يفكر في أن يصبح لديه أولاد ولكن هذا الحمل جعله يفكر أكثر ويدقق في قراراته.

كما أنه أصبح يفكر في الأبوة وأمور أخرى بعيدا عن الأنانية وما كان يريد فعله حقا.

كما أنه فكر أن يتركها على راحتها

لقد قرر أن يوفر لها كل وسائل الراحة لكي تنجب له ابنه الأول.

كما قد طلب مرافقة الأطباء لها وطلب إرسال الجواري والخادمات إليها (رغم أنها لم تكن لتقبل بأي منهم لخدمتها لأنها لم تكن لتثق إلا بخدمها الخاصين والذين أحضرتهم معها)

وطلب أن يوفروا لها كلما ما تريده أو تطلبه وان ينفذوا أوامرها ون تردد أو كسل.

وهكذا قرر أن يفسح لها المجال وان يبتعد عنها إلى حين أن تلد له الابن الذي كانت تحمله في أحشائها.

وكأن ذلك الحمل قد جاء في الوقت المناسب بالنسبة للجارية لكي توطد علاقتها براموس وتمنع تفكيره بأن يتخلى عنها.

وبعد الولادة ، سوف يحين موعد لقائه بها لمرة جديدة فهو لم يكن ليلتقي بها إلا بعد أن يولد المولود.

مرّت الأيام ولم يكن يتردد على جناحها ولكن كانت تصلها كل أخباره وأولا بأول.

لقد كانت مطمئنة لما يحدث كما أن هناك سبب آخر قد جعلها تؤده عدم مجيئه إلى جناحها.

فهي لم تكن حقا حاملا بطفل وإنها إحدى جواريها إلي كانت تخفيها لكي تنجب لها طفلا وهي تعتني بطعامها وبكل احتياجاتها.

كما كان لديها بين الجواري من تجيد التوليد ولم تكن لتدع أي طبيب يعاينها ولكنها كانت تتظاهر بالحمل وخاصة في نزهاتها إلى الحديقة شرط أن لا يضع أحد يده على بطنها المنتفخة.

وان وضعها أن لا تتجاوز بعض الثواني لكي لا يكتشف أي أحد حقيقة الأمر.

لقد كان الفرعون ولكي يغطي على غيابه يرسل لها بالهدايا الكثيرة.

وقد ابتكر هدية لها هي بالذات.

لقد كان يرسل لها أجنة من الذهب بحجم الجنين في بطنها كل شهر.

منذ الشهر الأول وهو يرسل لها تلك الأجنة الذهبية التي تصور لها الجنين الذي في بطنها.

حتى أرسل لها الجنين التاسع وطلب من الجواري أن يخربنه بموعد الولادة لكي يحضر ولكنه ما كان ليحلم بذلك لأنها لم تكن هي التي ستلد فقررت أن تخفي

الأمر فقط وأن يتعذروا أ يتحججوا بأنهم كانوا متوترين وخائفين على حياة الفرعونة سونيتا.

السعادة الأبدية

بعد أن ولدت الطفل وضعوه إلى جانبها على السرير وجعلوها وكأنها قد ولدت توا.

وتم إبلاغ الفرعون بأنها ولدت فجاء من فوره وأمر بأن تعم الاحتفالات كل القصر.

أطلق على الطفل اسم ستاسوس.

وعمت الاحتفالات وعندما رآها كان معجبا بالطفل أكثر منها ولكنه كان يغدق عليها بالهدايا.

لقد كان تأثير لعنة العجوز يجعله لا يفكر في البقاء الى جانبها طويلا.

وجراء الاحتفالات قرر أن ترقص الجواري حتى الصباح ومنذ ذلك اليوم ولمدة شهر والاحتفالات تعم القصر.

وفي يوم قرر أن يقضي ليلة مع إحدى الجواري فأثرت عليه لعنة الساحرة الثانية ولكي لا يبتعد انس ونيتا وعندما أصبح لوحده مع الجارية.

ولكي لا يخون سونيتا ولكنه أراد فعل ذلك فتوقف قلبه فجأة بعد أن ضعف كثيرا.

لقد توقف قلبه لكي لا تحل محل سونيتا أية امرأة أخرى ولكي تبقى هي سيدة القصر.

ولا تشاركها أية امرأة لا في الفرعون ولا في قلبه ولا في فراشه ولا في القصر كله.

كانت سونيتا مصرة على أن تمتلك الفرعون وكل ما ينسب إليه، وان تكون سيدة قلبه وقصره، حتى وان

مات الفرعون ظن ولكن الأهم هو أن لا تموت سمعتها التي تحصلت عليها في القصر بفضل الفرعون وقربها منه وحبه لها.

لقد حدث ما حدث بعد أن رأى بأنها أصبحت أما ولا تليق بأن تصبح رفيقة له في ليالي السهر، وكان يفكر أيضا في انه قد امتلكها لأن تبقى هي الزوجة ولملذات الجواري وباقي النسا بعد أن كان مشغولا خلال تلك الشهور التسعة بأمور الدولة.

بعد أن ابتعد عنها كل تلك الفترة وجد بأن امتلاكها والابتعاد عنها هو أمر جيد، وهكذا هو لم يخسرها ولكنه في نفس الوقت عاد إلى سابق عهده لكي يخرجها من تفكيره.

ولكن تلك الاحتفالات والجواري لم يفسحوا له مجالا للخيانة فقط بل أيضا تعويذة الساحرة قد منعته من تلك الخيانة التي كان يرى بأنها غير مضرة.

ولكن لم يكن الأمر هكذا بالنسبة لسونيتا التي كانت ترى بأن قربه من إحدى الجواري هي خسارة لها.

لقد كانت ترى الخطر في كل أنثى قد تقترب من الفرعون ولو كانت مجرد جارية أو حتى خادمة.

لقد كانت تحاول أن تعبد عن نفسها كل أنواع الخطر وان تحتاط من ل الجوانب.

كانت ترى بأن الحيطة والحذر خير من تجبير الكسر الذي ربما لن يتجبر وفي تلك الحالة توجد مجازفات وخطورة وعواقب قد لا تكون متوقعة.

ولو حال وان يبعدها أو يطلقها أو يتزوج امرأة ثانية بأن كل مجهوداتها سوف تذهب في مهب الريح.

الأنانية وحب الذات

كانت سونيتا تفضل موته على أن يتركها أو يحطم حلمها بأن تمتلك القصر وكل ثروات الفرعون راموس الذي كان من أثرى الفراعنة وقد كانت لديه غرفة مليئة بالذهب والكنوز تحت قصره.

لم ير أحد تلك الكنوز ولكن الكثيرون هم من سمعوا عنها، وبعد أن دفنوه ورثت هي والابن ستاسوس الفرعون الصغير كل تلك الكنوز.

وقد كانت هي الوصية على ستاسوس ولكن لم يكن يسمح لها بأن ترى تلك الكنوز التي كانت من حق ستاسوس إلا بعد أن يصبح ابن العشرة أعوام وأن يرى هم الكنوز قبلها ويكنها أن تراها بعده مباشرة أي أن يدخل الغرفة قبل أن تطأ قدماها تلك الأرضية.

لقد كانت هناك لعنة تمنع دخول النساء إلى بيت الذهب، وأيضا لي لا يلعن الذهب إن دخلت عليه امرأة أو ملكته امرأة فهي سوف تعشقه وتلعنه بقوة النار التي في عينها حين تراه لأول مرة.

ولكن دخول الفرعون الصغير سوف يبطل تلك اللعنة.

Sommaire